RAINBOW WEAVER
TEJEDORA DEL ARCOÍRIS

RAINBOW WEAVER
TEJEDORA DEL ARCOÍRIS

story/cuento Linda Elovitz Marshall

illustrations/ilustraciones Elisa Chavarri

translation/traducción Eida de la Vega

Children's Book Press,
an imprint of Lee & Low Books Inc.
New York

Glossary and Pronunciation Guide

There are many Mayan languages spoken in Guatemala, Honduras, and Mexico. In Guatemala alone, there are twenty-three Mayan languages, and in different regions of the country, words and pronunciations differ. The pronunciations below are just a guideline. Our Ixchel, if she were real, might have spoken the Mayan language called Kaqchikel.

batten (BAT-en): flat stick used to separate threads in weaving

hun (hun): number one in the Kaqchikel Mayan language

Ixchel (ee-SHELL): Mayan girl's name

ka'i (kaa-EH): number two in the Kaqchikel Mayan language

kaj'i (kaj-EH): number four in the Kaqchikel Mayan language

Lake Atitlán (lake ah-teet-LAN): large lake surrounded by volcanoes in the Guatemalan highlands

loom (loom): weaving device that holds threads in place so fabric can be made

milpa (mil-PUH): plot of land used to grow corn, beans, and squash

ox'i (awx-EH): number three in the Kaqchikel Mayan language

pajon (pah-HONE): native grass of the Guatemalan highlands

Text copyright © 2016 by Linda Elovitz Marshall
Illustrations copyright © 2016 by Elisa Chavarri
Spanish translation copyright © 2016 by Lee & Low Books Inc.

Children's Book Press, an imprint of LEE & LOW BOOKS Inc., 95 Madison Avenue, New York, NY 10016, leeandlow.com
Spanish translation by Eida de la Vega
Book design by Laura Roode
Book production by The Kids at Our House
The text is set in Bernhard Modern
The illustrations are rendered digitally
Manufactured in China by Imago
Printed on paper from responsible sources
(hc) 10 9 8 7
(pb) 10 9 8 7 6 5 4
First Edition
Library of Congress Cataloging-in-Publication Data
Names: Marshall, Linda Elovitz, author. | Chavarri, Elisa, illustrator. | Vega, Eida de la, translator.
Title: Rainbow weaver=Tejedora del arcoíris / Linda Elovitz Marshall;
illustrations/ilustraciones Elisa Chavarri; translation/traducción Eida de la Vega.
Other titles: Tejedora del arcoíris. Description: First edition. | New York: Children's Book Press, an imprint of
Lee & Low Books Inc., 2016. | Summary: Ixchel, a young Mayan girl who is not allowed to use her mother's thread to weave, exercises
her ingenuity and repurposes plastic bags to create colorful weavings. Includes glossary and author's note.
Identifiers: LCCN 2016011374 | ISBN 9780892393749 (hardcover: alk. paper) | ISBN 9780892394142 (paperback)
Subjects: | CYAC: Weaving—Fiction. | Recycling (Waste)—Fiction. | Mothers and daughters—Fiction. |
Mayas—Fiction. | Indians of Central America—Fiction. | Guatemala—Fiction. | Spanish language materials, Bilingual.
Classification: LCC PZ73 .M275 2016 | DDC [E]—dc23
LC record available at https://lccn.loc.gov/2016011374

*F*or Bob, my parents, children, and grandchildren, and for friends
Paula and Abe, Brenda, and (in memoriam) Fredy—L.E.M.

*P*ara Bob, mis padres, hijos y nietos, y para los amigos Paula y

Abe, Brenda y (que en paz descanse) Fredy—L.E.M.

*F*or my little brother, Manuelito—E.C.

*P*ara mi hermanito, Manuelito—E.C.

High in the mountains above Lake Atitlán, Ixchel watched her mother weave thread into fabric as beautiful as a rainbow. The fabric had blues as clear as the sky, reds as bright as the flowers, and yellows as golden as the corn.

"Mama," Ixchel asked. "May I weave too?"

Her mother shook her head. "Not now, Ixchel," she answered. "This cloth is for the market. If it brings a good price, it will help pay for your school and books."

En lo alto de las montañas sobre el lago Atitlán, Ixchel observaba a su madre tejer el hilo y convertirlo en una tela tan hermosa como un arcoíris. La tela tenía azules tan claros como el cielo, rojos tan brillantes como las flores y amarillos tan dorados como el maíz.

—Mamá —le preguntó Ixchel—, ¿me dejas tejer?

Su mamá negó con la cabeza.

—Ahora no, Ixchel —le respondió—. Esta tela es para el mercado. Si puedo venderla a buen precio, nos ayudará a pagar tu escuela y tus libros.

In and out. In and out. Ixchel's mother and neighbors wove on backstrap looms. They wove as their mothers, grandmothers, and great-grandmothers had done before them, as Mayan women had done for more than two thousand years.

After a while Ixchel asked, "Mama, may I weave *now*?"

Again her mother shook her head. "Count threads with me, my love. I'll show you how we make designs."

Ixchel and her mother counted together: "*Hun, ka'i, ox'i, kaj'i . . .*" With each additional color, the cloth grew longer and the design prettier.

Ixchel reached for some thread. "*Please?*" she asked.

"No, my love," answered her mother. "You are still too young and there is no extra thread."

Entra el hilo y sale el hilo. Entra el hilo y sale el hilo. La madre de Ixchel y sus vecinas tejían en telares de cintura. Tejían como sus madres, abuelas y bisabuelas, y como las mujeres mayas lo han hecho por más de dos mil años.

Después de un rato Ixchel preguntó:

—Mamá, ¿puedo tejer *ahora*?

Su madre volvió a negar con la cabeza.

—Cuenta los hilos conmigo, mi amor. Te mostraré cómo hacer diseños.

Ixchel y su madre contaron juntas:

—*Hun, ka'i, ox'i, kaj'i…*

Con cada color adicional, la tela se alargaba y el diseño era más bonito.

Ixchel trató de agarrar el hilo.

—Por favor… —le pidió a su mamá.

—No, mi amor —le respondió su madre—. Todavía eres muy pequeña y no tenemos más hilo.

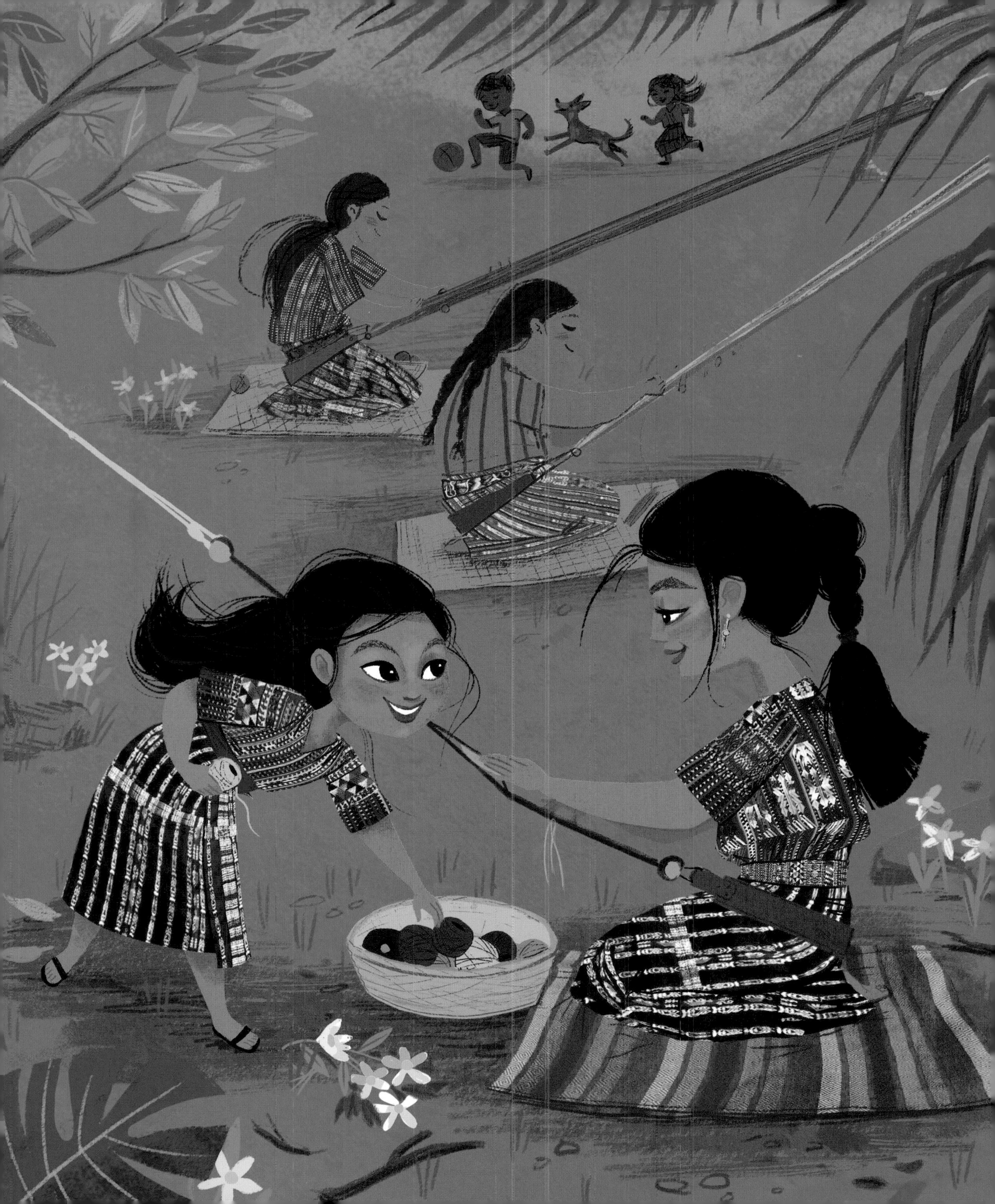

Ixchel crossed her arms and studied the hard-packed dirt of the yard.

I want to weave. I want to help pay for my books and school too, she thought.

But she didn't say anything.

Instead, she walked toward the *milpa*, the field where the villagers planted corn, beans, and squash. Plastic bags littered the path. Day after day, more bags were tossed from windows of passing vehicles or discarded by people returning from market. No one could use all the bags, and there was nowhere to put them.

Ixchel se cruzó de brazos y estudió la tierra apisonada del patio.

"Quiero tejer. Quiero ayudar a pagar mis libros y mi escuela", pensó.

Pero no dijo nada y se dirigió a la milpa, el terreno donde la gente del pueblo plantaba maíz, frijoles y calabazas. Había bolsas plásticas por dondequiera. Día tras día, y cada vez más, las personas lanzaban bolsas desde las ventanillas de los vehículos o cuando regresaban a pie del mercado. Nadie podía utilizar todas las bolsas y no había lugar donde ponerlas.

Pushing the bags aside, Ixchel gathered branches and sticks. Some of the sticks were long and some were short. She carried the sticks and branches home, then tied them together.

"What are you doing?" a neighbor asked.

"Making a loom," Ixchel answered.

Her mother smiled. "But, Ixchel," she said, "we don't have any extra thread."

"I know, Mama," she answered. "I won't take any."

Ixchel apartó las bolsas y empezó a recoger ramas y palitos. Algunos eran largos y otros eran cortos. Los llevó a casa y los ató.

—¿Qué haces? —le preguntó una vecina.

—Hago un telar —respondió Ixchel.

Su madre sonrió.

—Pero, Ixchel —dijo—, no tenemos más hilo.

—Lo sé, mamá —le respondió Ixchel—. No voy a usar hilo.

Ixchel tied one end of her loom to a tree, then she gathered tall blades of *pajon* grass.

Sitting on the ground, Ixchel joined the blades of grass together by knotting the end of one blade to the end of another until she made a long chain. Then she pushed the batten over and under, back and forth, turning the blades of grass into fabric.

When the fabric was finished, it was too small to be a doormat or even a placemat. It was too scratchy to wear as a bracelet. Worst of all, it was a dull greenish white. The fabric was far too small, far too scratchy, and far too dull for anyone to buy.

Ixchel knew it would never sell.

Ixchel ató un extremo del telar a un árbol y cortó unas hojas de hierba de pajón.

Sentada en el suelo, Ixchel unió las hojas de hierba anudando un extremo al otro hasta formar una larga cadena. Entonces le pasó la espadilla por arriba y por abajo, por delante y por detrás, y la hierba se convirtió en tela.

Cuando la tela estuvo terminada, era demasiado pequeña para ser una alfombrilla o un mantelito individual. Era demasiado áspera para usarla como pulsera. Y lo peor, era de un opaco color blanco verdoso. La tela era demasiado pequeña, áspera y opaca.

Ixchel sabía que nunca la vendería.

Disappointed, Ixchel took another walk. Climbing the path villagers took to bring sheep up the mountain, she saw a clump of black wool hanging from a branch. Ixchel tucked the wool under her belt. She noticed more clumps of black and white wool dotting the grasses, sticks, and plants. Ixchel gathered this wool and tucked it under her belt too.

Decepcionada, Ixchel salió de nuevo a caminar. Al subir por el camino que la gente del pueblo tomaba para llevar las ovejas a la montaña, vio un trozo de lana negra que colgaba de una rama. Ixchel se metió la lana bajo el cinturón. Se fijó en que más hebras de lana negra y blanca moteaban las hierbas, los palitos y las ramas. Ixchel recogió esa lana y la guardó bajo el cinturón también.

At home, Ixchel turned and twisted the wool, spinning it into a long, thick strand of yarn. Then, over and under, back and forth, she pushed the batten and wove the yarn into fabric.

❋

En casa, Ixchel torció la lana hasta formar una hebra larga y gruesa. Entonces pasó la espadilla por arriba y por abajo, por delante y por detrás, y la lana se convirtió en tela.

Ixchel looked at what she had woven. The fabric was thick and heavy. The colors were boring. Tiny pieces of grass and dirt were stuck in the fabric. The weaving was far too thick, far too boring, and far too dirty for anyone to buy.

Ixchel miró lo que había tejido. La tela era gruesa y pesada. Los colores eran aburridos. Diminutos pedazos de hierba estaban metidos en la tela. La tela era demasiado gruesa, aburrida y sucia. Nadie la querría comprar.

Tears rolled down Ixchel's cheeks. *There's no way my weaving will sell in the market*, she thought. *No way I can help.*

Wiping her tears, Ixchel headed toward the milpa again. Along the way, she kicked aside a plastic bag. Red, purple, orange, green, yellow, and blue bags were everywhere. They were in the fields, drooping from branches, and clogging roads and ditches. There were so many bags, it was hard for her to walk.

Las lágrimas rodaron por las mejillas de Ixchel.

"No hay manera de que mi tejido se venda en el mercado", pensó. "No puedo ayudar".

Enjugándose las lágrimas, Ixchel se dirigió a la milpa otra vez. Por el camino, apartó con el pie una bolsa plástica. Había bolsas rojas, moradas, anaranjadas, verdes, amarillas y azules por todas partes. Estaban en los campos, colgando de las ramas y obstruyendo caminos y zanjas. Había tantas bolsas que era difícil caminar.

Angry, Ixchel picked up a bag. She ripped it to shreds. Suddenly, she had an idea.

Enojada, Ixchel recogió una bolsa. La rompió en tiritas. De pronto, se le ocurrió una idea.

Ixchel gathered bag after colorful bag. She took the bags home, washed them, and hung them to dry.

"Now what are you doing?" another neighbor asked.

Ixchel smiled. "You'll see," she answered.

Ixchel recogió una bolsa tras otra de diferentes colores. Las llevó a casa, las lavó y las puso a secar.

—¿Y ahora qué haces? —le preguntó otra vecina.

Ixchel sonrió.

— Ya verás —respondió.

By the next day the bags were dry. Ixchel cut each bag into long, thin strips. She tied the strips together. Sitting at her loom, Ixchel pushed the batten over and under, back and forth, weaving until she had used all the strips.

Al día siguiente, las bolsas estaban secas. Ixchel cortó cada bolsa en tiras largas y finas. Las ató unas con otras. Sentada en su telar, Ixchel pasó la espadilla por arriba y por abajo, por delante y por detrás, y tejió hasta usar todas las tiras.

The fabric was short, but it was clean and colorful. It had blues as clear as the sky, reds as bright as the flowers, and yellows as golden as the corn. The fabric looked like a beautiful rainbow, almost as pretty as the weavings of her mother, grandmothers, and great-grandmothers before her.

El tejido era pequeño, pero estaba limpio y lleno de color. Tenía azules tan claros como el cielo, rojos tan brillantes como las flores, y amarillos tan dorados como el maíz. La tela parecía un hermoso arcoíris, casi tan bonita como los tejidos de su madre, sus abuelas y sus bisabuelas.

Wondering what else she could make with plastic bags, Ixchel
headed back to the milpa. As she gathered more bags, the path looked
cleaner and the countryside prettier.

Preguntándose qué otra cosa podía hacer con bolsas plásticas, Ixchel
se dirigió a la milpa. A medida que recogía bolsas, el camino lucía más
limpio y el campo más bonito.

When Ixchel returned home, her mother and neighbors were waiting with colorful plastic bags.

"We saw what you were doing," said a neighbor. "We wanted to help."

"And without the bags everywhere, our village looks pretty again," said another neighbor.

Cuando Ixchel regresó a casa, su madre y las vecinas la esperaban con bolsas de diferentes colores.

—Vimos lo que estabas haciendo —dijo una vecina— y queremos ayudar.

—Y sin las bolsas tiradas por todas partes, nuestro pueblo vuelve a lucir bonito —dijo otra.

Ixchel thanked them. Then she handed the weaving to her mother and said, "My first rainbow."

Her mother hugged her close. "It's beautiful, my love!" she said.

"Thank you, Mama," Ixchel said. "But do you think it will sell?"

"Let's take it to the market and see," said her mother.

Ixchel les dio las gracias. Entonces, le dio el tejido a su madre y dijo:

—Mi primer arcoíris.

Su madre la abrazó fuerte y le dijo:

—Es hermoso, mi amor.

—Gracias, mamá —dijo Ixchel—, ¿pero crees que se venderá?

—Vamos a llevarlo al mercado y ya veremos —dijo su mamá.

At the market the next day, Ixchel and her mother watched as people walked by the stalls.

Finally a woman stopped. She picked up Ixchel's weaving and asked, "Did you make this?"

When Ixchel nodded, the woman smiled.

Her weaving sold! And for a very good price.

Al día siguiente en el mercado, Ixchel y su madre miraron a la gente que se paseaba entre los puestos.

Finalmente, una mujer se detuvo. Miró el tejido de Ixchel y preguntó:

—¿Tú hiciste esto?

Cuando Ixchel asintió, la mujer sonrió.

¡Su tejido se vendió! Y a muy buen precio.

Ixchel beamed with happiness. Now she could help pay for her books and school. And like her mother, grandmothers, and great-grandmothers before her, Ixchel had woven a rainbow.

Ixchel estaba radiante de felicidad. Ahora podía ayudar a pagar sus libros y su escuela. Y como su madre, sus abuelas y sus bisabuelas, había tejido un arcoíris.

Author's Note

The Mayan people in contemporary Guatemala are among the most skilled, artistic weavers in the world. Yet they face many problems: poverty, lack of education, and unemployment. To earn money for food and education, Mayan weavers have begun repurposing plastic bags as "threads" that they weave on traditional backstrap looms. Using ancient patterns and techniques, the Mayan weavers now employ plastic threads as well as traditional threads to create beautiful purses, clutch bags, placemats, coasters, pencil cases, and baskets. Sold through fair trade cooperatives in the United States and other countries, their products bring much-needed money to the weavers' families. At the same time, the weavers help clean their villages and keep traditional Mayan cultural values alive.

Mayan Hands, an organization of weavers in Guatemala, was begun in the late 1980s by my dear friends, Guatemalans Brenda Rosenbaum and her late husband, Fredy, in their adopted home city of Albany, New York. Brenda and Fredy, both of whom grew up in Guatemala, developed a deep appreciation for the Mayan people and the difficulties they faced from political strife, genocidal civil war, and government policies. From the beginning, Brenda and Fredy sought my opinion in decisions ranging from product design to marketing to the actual naming of the organization. As the owner of a bookstore, I carried Mayan Hands products.

In an effort to bring attention to the work of the Mayan women, I conceived the germ of this story with the help of Brenda and Anne Kelly (Mayan Hands's Albany-based coordinator). After drafting Ixchel's story, I visited several cooperatives in Guatemala and met with weavers, shared the story, and received their input. *Rainbow Weaver* is my tribute to Brenda, Fredy, and the weavers at Mayan Hands. A portion of the proceeds from this book will benefit weavers of the Mayan Hands and Maya Works cooperatives. The proceeds will also help by providing money for the education of children like Ixchel, and for health and dental care for the weavers and their families.

Nota de la autora

Las mujeres mayas de la Guatemala contemporánea están reconocidas en todo el mundo entre las más grandes artistas del tejido, pero enfrentan muchos problemas: pobreza, falta de educación y desempleo. Para ganar dinero para alimentos y educación, las tejedoras mayas comenzaron a reutilizar bolsas plásticas como "hilos" para tejer en sus telares de cintura tradicionales. Usando antiguos patrones y técnicas, las tejedoras mayas ahora emplean hilo plástico, así como hilos tradicionales, para crear hermosos monederos, carteras, mantelitos, posavasos, estuches de lápices y cestas. Sus productos, que se venden en cooperativas de comercio justo en los Estados Unidos y otros países, proporcionan a las familias de las tejedoras el dinero que tanto necesitan. Al mismo tiempo, las tejedoras ayudan a limpiar sus pueblos y a mantener vivos los valores de la cultura maya tradicional.

Mayan Hands, una organización de tejedoras de Guatemala, se fundó a finales de la década de los años 80 por mis queridos amigos guatemaltecos Brenda Rosenbaum y su difunto esposo, Fredy, en su ciudad de adopción, Albany, Nueva York. Tanto Brenda como Fredy crecieron en Guatemala y desarrollaron un profundo aprecio por los mayas y las dificultades que enfrentaban a causa de los conflictos políticos, la genocida guerra civil y las políticas gubernamentales. Desde el principio, Brenda y Fredy solicitaron mi opinión para tomar decisiones desde el diseño del producto al márketing, hasta la elección del nombre de la organización. En mi librería, yo vendía los productos de *Mayan Hands*.

En un esfuerzo por dar a conocer el trabajo de las mujeres mayas, concebí el germen de esta historia con la ayuda de Brenda y Anne Kelly (coordinadora en Albany de *Mayan Hands*). Después de esbozar la historia de Ixchel, visité varias cooperativas en Guatemala y me reuní con tejedoras, compartí la historia y escuché sus comentarios. *Tejedora del arcoíris* es mi tributo a Brenda, Fredy y a las tejedoras de *Mayan Hands*. Una porción de las ganancias de este libro beneficiará a las tejedoras de las cooperativas de *Mayan Hands* y *Maya Works*. Las ganancias también ayudarán a proporcionar dinero para la educación de niños como Ixchel, y para la salud y el cuidado dental de las tejedoras y sus familias.